LES FANTÔMES DU PASSÉ

www.editions**paquet**.com

1re édition · PAO : StoneBundle.ch
ISBN : 978-2-88932-083-7 · Dépôt légal : janvier 2021
Imprimé en Lettonie par Jelgavas Tipogrāfija

LES FANTÔMES DU PASSÉ

ROGER SEITER LUC BRAHY

T2. L'Ange noir du Titanic

Scénario > **Roger Seiter**
Dessin > **Luc Brahy**
Couleur > **Fabien Alquier**

PAQUET

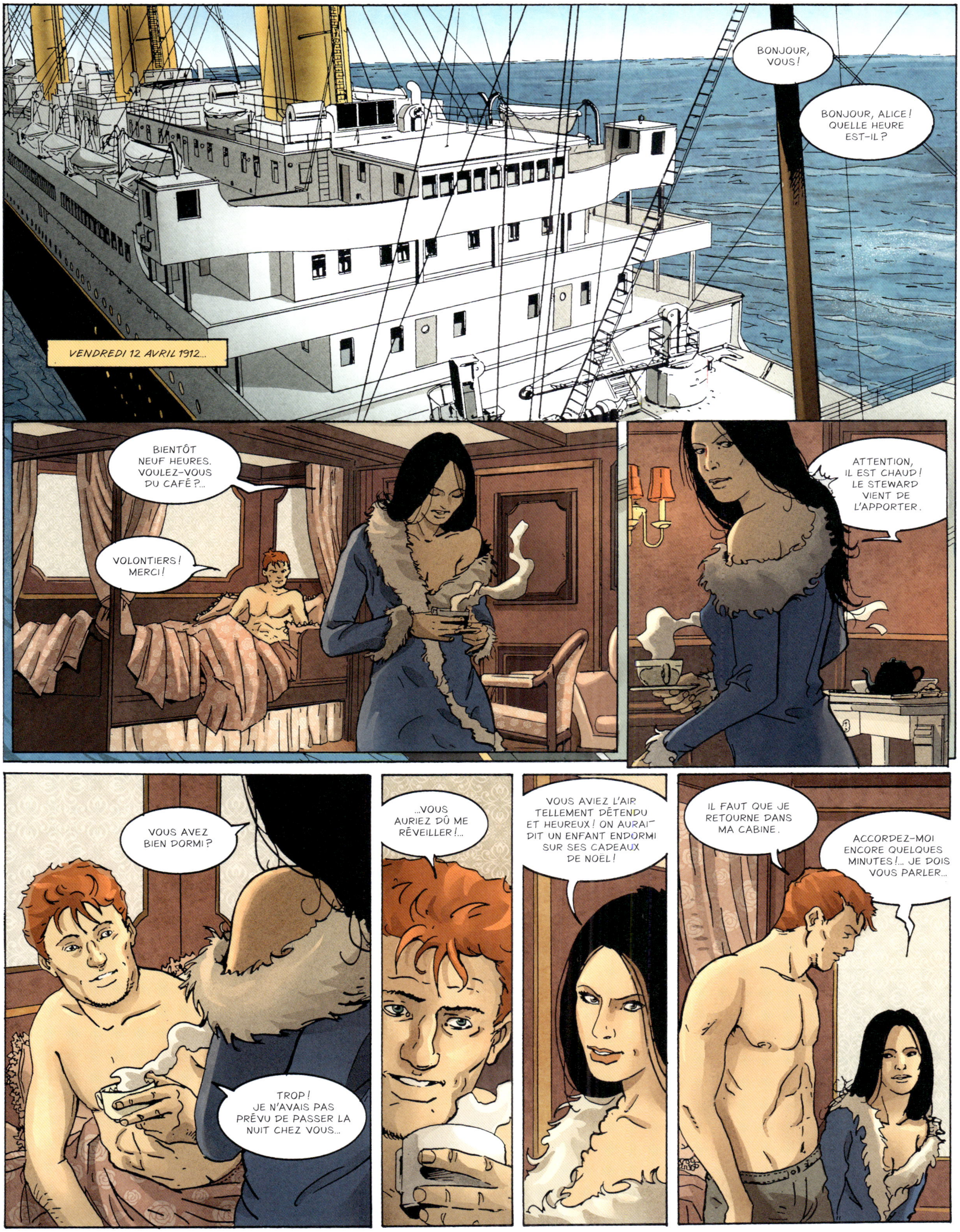
VENDREDI 12 AVRIL 1912...
BONJOUR, VOUS !
BONJOUR, ALICE ! QUELLE HEURE EST-IL ?
BIENTÔT NEUF HEURES. VOULEZ-VOUS DU CAFÉ ?...
VOLONTIERS ! MERCI !
ATTENTION, IL EST CHAUD ! LE STEWARD VIENT DE L'APPORTER.
VOUS AVEZ BIEN DORMI ?
TROP ! JE N'AVAIS PAS PRÉVU DE PASSER LA NUIT CHEZ VOUS...
...VOUS AURIEZ DÛ ME RÉVEILLER !...
VOUS AVIEZ L'AIR TELLEMENT DÉTENDU ET HEUREUX ! ON AURAIT DIT UN ENFANT ENDORMI SUR SES CADEAUX DE NOËL !
IL FAUT QUE JE RETOURNE DANS MA CABINE.
ACCORDEZ-MOI ENCORE QUELQUES MINUTES !... JE DOIS VOUS PARLER...

JE VOUS ÉCOUTE.
J'AI UN AVEU À VOUS FAIRE... JE CONNAIS LA RAISON DE VOTRE PRÉSENCE À BORD !
QUE VOULEZ-VOUS DIRE ?...
JE SAIS QUE VOUS AVEZ ARRÊTÉ CASPER VANHOUDE ET QU'IL VOYAGE À FOND DE CALE SUR CE NAVIRE.
VOUS... QUI VOUS A DIT ÇA ?!
JE TIENS CES INFORMATIONS DE GEOFFREY DAWSON, LE RÉDACTEUR EN CHEF DU *TIMES*...
...IL M'A DEMANDÉ D'ENQUÊTER À CE SUJET ET, SI POSSIBLE, DE RÉDIGER UN ARTICLE.
DOIS-JE EN DÉDUIRE QUE VOTRE SOUDAIN INTÉRÊT POUR MOI ÉTAIT PUREMENT PROFESSIONNEL ?
NE SOYEZ PAS RIDICULE !... SI J'AVAIS VOULU VOUS MANIPULER, POURQUOI VOUS AURAIS-JE RÉVÉLÉ LA VÉRITÉ ?
JE SUIS JOURNALISTE, BIEN SÛR QUE JE SOUHAITE VOUS INTERVIEWER. MAIS JE VOUS JURE QUE JE NE PUBLIERAI PAS UNE LIGNE SANS VOTRE ACCORD !
JE DOIS VOUS QUITTER. J'AI BESOIN DE RÉFLÉCHIR...

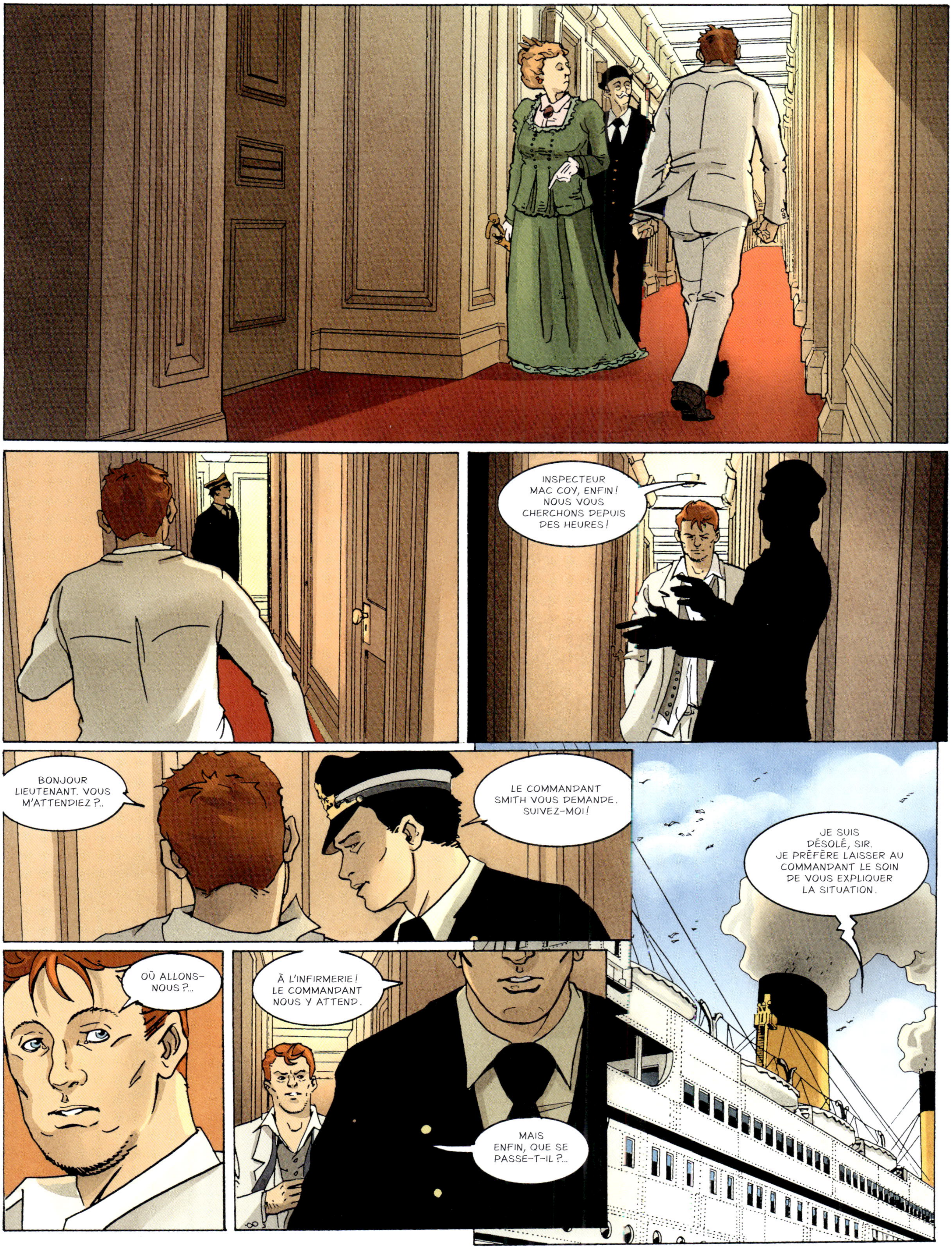
INSPECTEUR MAC COY, ENFIN ! NOUS VOUS CHERCHONS DEPUIS DES HEURES !
BONJOUR LIEUTENANT. VOUS M'ATTENDIEZ ?..
LE COMMANDANT SMITH VOUS DEMANDE. SUIVEZ-MOI !
JE SUIS DÉSOLÉ, SIR. JE PRÉFÈRE LAISSER AU COMMANDANT LE SOIN DE VOUS EXPLIQUER LA SITUATION.
OÙ ALLONS-NOUS ?...
À L'INFIRMERIE ! LE COMMANDANT NOUS Y ATTEND.
MAIS ENFIN, QUE SE PASSE-T-IL ?...

AH, MAC COY ? VOUS ARRIVEZ JUSTE À TEMPS ! LE DOCTEUR O'LOUGHLIN ALLAIT NOUS FAIRE PART DE SES PREMIÈRES OBSERVATIONS.
LE DOCTEUR ? IL Y A EU UN ACCIDENT ?...
NOUS SOMMES DÉSOLÉS, INSPECTEUR ! NOUS NE SAVONS PAS CE QUI S'EST PASSÉ.
IL EST MORT D'UNE BALLE EN PLEIN FRONT.
UNE BALLE DE PETIT CALIBRE, PROBABLEMENT UN DERINGER.
GOOD LORD !!!...
L'ASSASSINAT DE VOTRE COLLABORATEUR N'EST PAS NOTRE SEUL PROBLÈME... CASPER VANHOUNDE A DISPARU !..
NOUS PENSONS QUE LE MEURTRIER DE GREEN L'A FAIT ÉVADER.
NOUS SOUPÇONNONS LA FILLE QUE NOUS AVONS VUE HIER SUR LE PONT C... GREEN AVAIT CRU RECONNAÎTRE LA MAÎTRESSE DE CASPER...
...IL VOUS A FAIT PARVENIR UN BILLET À CE SUJET.
UN BILLET ?... DE QUOI ME PARLEZ-VOUS ?... JE N'AI JAMAIS REÇU AUCUN BILLET...

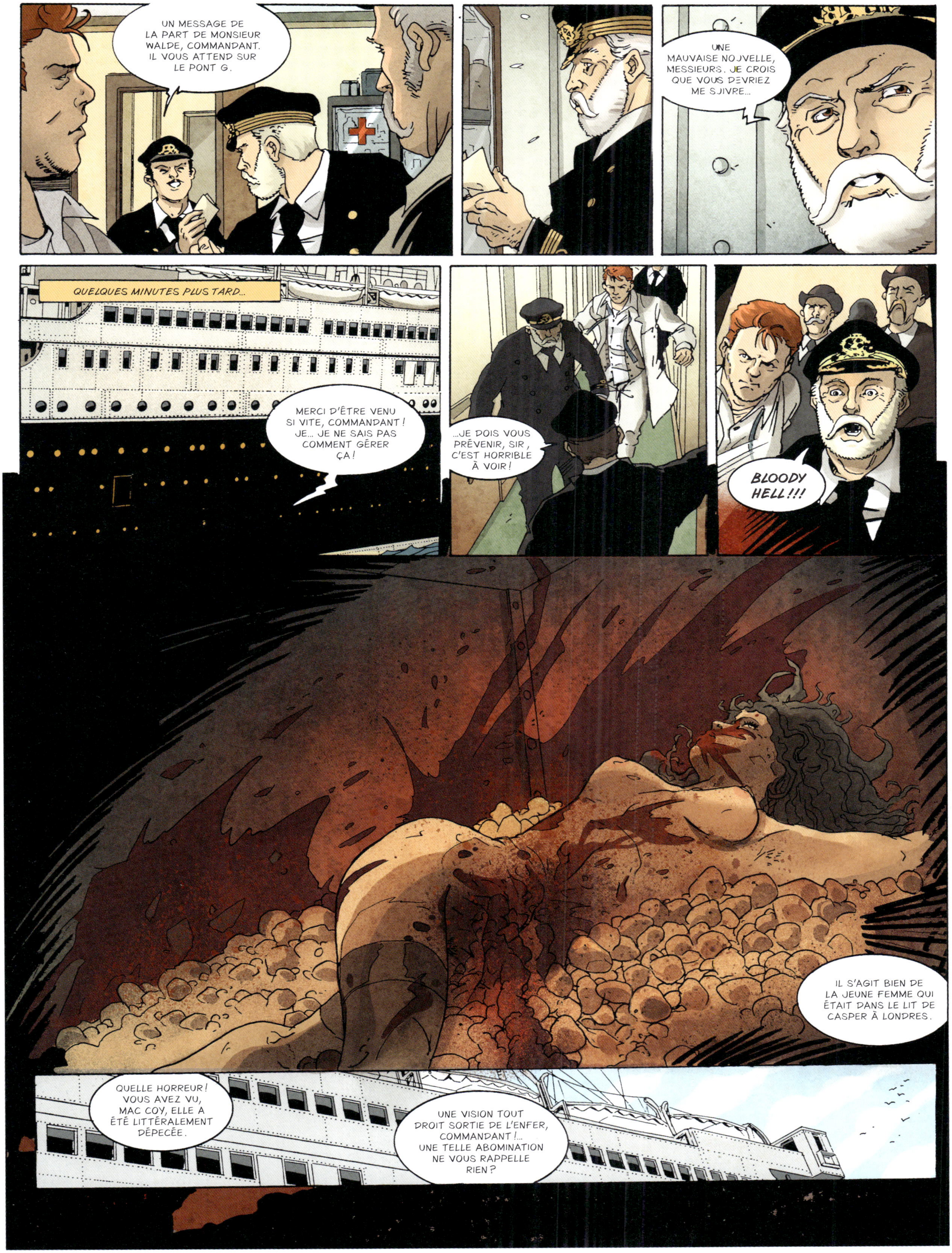
UN MESSAGE DE LA PART DE MONSIEUR WALDE, COMMANDANT. IL VOUS ATTEND SUR LE PONT G.
UNE MAUVAISE NOUVELLE, MESSIEURS. JE CROIS QUE VOUS DEVRIEZ ME SUIVRE...
QUELQUES MINUTES PLUS TARD...
MERCI D'ÊTRE VENU SI VITE, COMMANDANT ! JE... JE NE SAIS PAS COMMENT GÉRER ÇA !
...JE DOIS VOUS PRÉVENIR, SIR, C'EST HORRIBLE À VOIR !
BLOODY HELL !!!
IL S'AGIT BIEN DE LA JEUNE FEMME QUI ÉTAIT DANS LE LIT DE CASPER À LONDRES.
QUELLE HORREUR ! VOUS AVEZ VU, MAC COY, ELLE A ÉTÉ LITTÉRALEMENT DÉPECÉE.
UNE VISION TOUT DROIT SORTIE DE L'ENFER, COMMANDANT !... UNE TELLE ABOMINATION NE VOUS RAPPELLE RIEN ?

QUE VOULEZ-VOUS DIRE ?...
IL Y A QUELQUES ANNÉES, J'AI EU L'OCCASION DE VOIR DES PHOTOGRAPHIES DES CADAVRES DE CATHERINE EDDOWES ET MARY JANE KELLY.
DEUX DES VICTIMES DU TUEUR DE WHITECHAPEL... CELUI QUE LA PRESSE ANGLAISE AVAIT SURNOMMÉ À L'ÉPOQUE "L'ÉVENTREUR".
6A
CES DEUX MALHEUREUSES AVAIENT ÉTÉ MASSACRÉES EXACTEMENT DE LA MÊME MANIÈRE.
VOUS PENSEZ QUE C'EST L'ŒUVRE DE VANHOUNDE ?
MAIS POURQUOI TUER LA FILLE QUI VENAIT DE LE LIBÉRER ?
PEU NOUS IMPORTENT SES MOTIVATIONS ! CET HOMME EST UN MONSTRE EN LIBERTÉ LÂCHÉ AU MILIEU DE CENTAINES DE PASSAGERS INNOCENTS !
6B
NOUS DEVONS LE RETROUVER AU PLUS VITE, AVANT QU'IL NE COMMETTE D'AUTRES CRIMES !
JE VEUX QUE TOUS LES OFFICIERS COLLABORENT ÉTROITEMENT AVEC MONSIEUR MAC COY !
À VOS ORDRES, SIR !
ET BIEN SÛR, CETTE AFFAIRE DOIT RESTER SECRÈTE ! SI LES PASSAGERS AVAIENT CONNAISSANCE DE TELS FAITS, LES CONSÉQUENCES FINANCIÈRES SERAIENT CATASTROPHIQUES POUR LA WHITE STAR LINE.

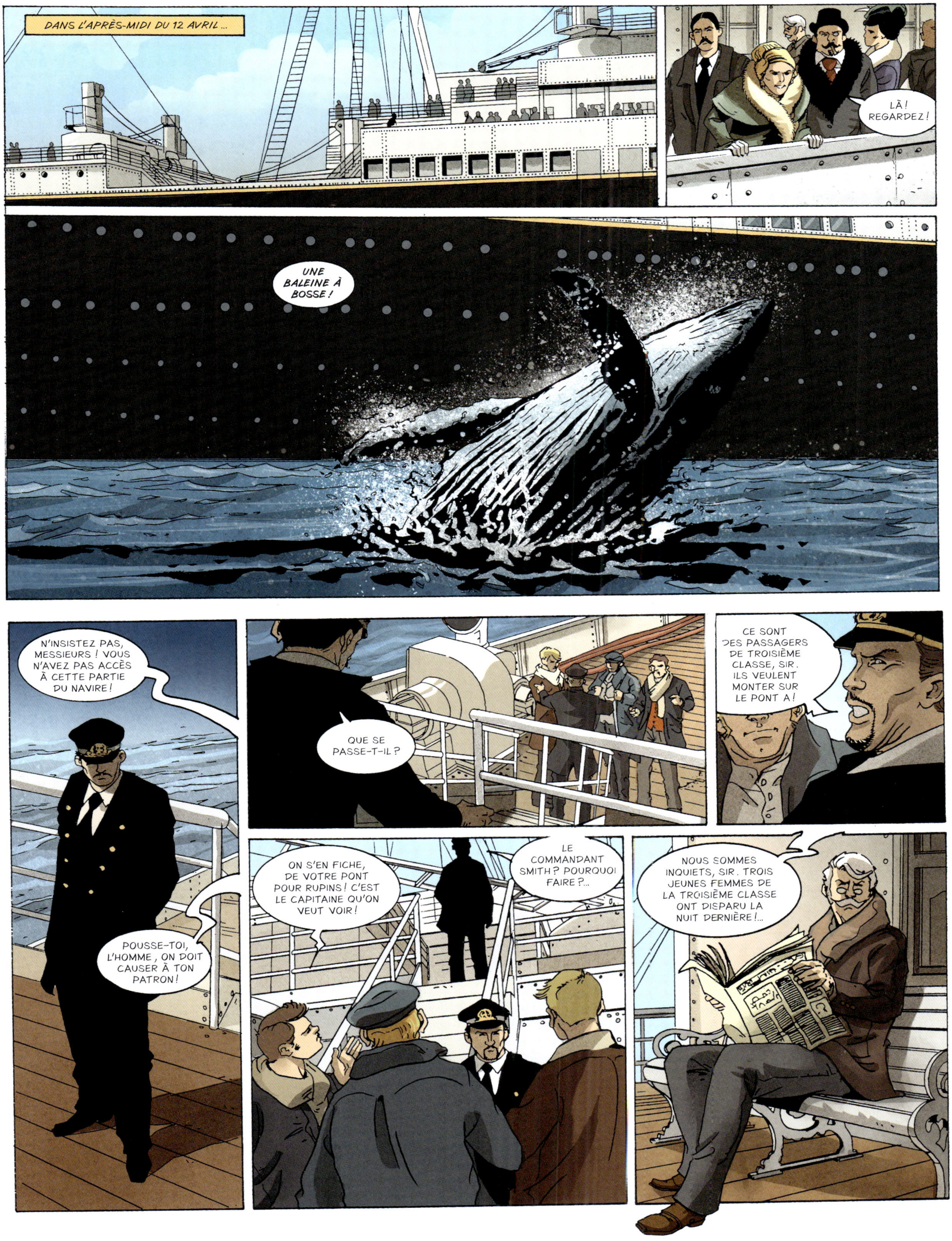
DANS L'APRÈS-MIDI DU 12 AVRIL...
LÀ ! REGARDEZ !
UNE BALEINE À BOSSE !
N'INSISTEZ PAS, MESSIEURS ! VOUS N'AVEZ PAS ACCÈS À CETTE PARTIE DU NAVIRE !
POUSSE-TOI, L'HOMME, ON DOIT CAUSER À TON PATRON !
QUE SE PASSE-T-IL ?
CE SONT DES PASSAGERS DE TROISIÈME CLASSE, SIR. ILS VEULENT MONTER SUR LE PONT A !
ON S'EN FICHE, DE VOTRE PONT POUR RUPINS ! C'EST LE CAPITAINE QU'ON VEUT VOIR !
LE COMMANDANT SMITH ? POURQUOI FAIRE ?...
NOUS SOMMES INQUIETS, SIR. TROIS JEUNES FEMMES DE LA TROISIÈME CLASSE ONT DISPARU LA NUIT DERNIÈRE !...

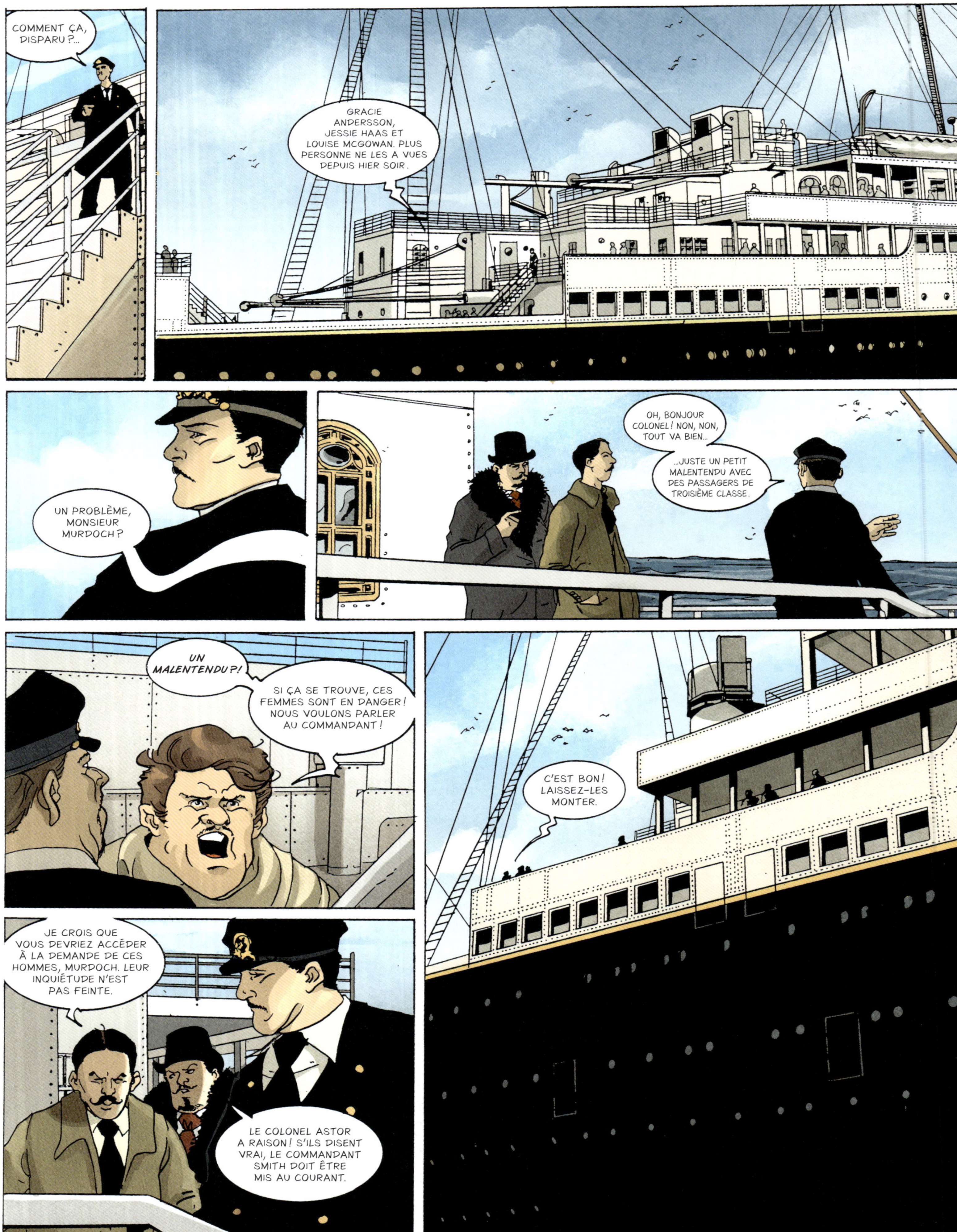
COMMENT ÇA, DISPARU ?...
GRACIE ANDERSSON, JESSIE HAAS ET LOUISE MCGOWAN. PLUS PERSONNE NE LES A VUES DEPUIS HIER SOIR.
UN PROBLÈME, MONSIEUR MURDOCH ?
OH, BONJOUR COLONEL ! NON, NON, TOUT VA BIEN...
...JUSTE UN PETIT MALENTENDU AVEC DES PASSAGERS DE TROISIÈME CLASSE.
UN MALENTENDU ?!
SI ÇA SE TROUVE, CES FEMMES SONT EN DANGER ! NOUS VOULONS PARLER AU COMMANDANT !
JE CROIS QUE VOUS DEVRIEZ ACCÉDER À LA DEMANDE DE CES HOMMES, MURDOCH. LEUR INQUIÉTUDE N'EST PAS FEINTE.
LE COLONEL ASTOR A RAISON ! S'ILS DISENT VRAI, LE COMMANDANT SMITH DOIT ÊTRE MIS AU COURANT.
C'EST BON ! LAISSEZ-LES MONTER.

MON NOM EST MIRKO DIMIC.
TRÈS BIEN, SUIVEZ-MOI, MESSIEURS.
J'ESPÈRE, MONSIEUR MURDOCH, QUE VOUS NE VOYEZ PAS D'INCONVÉNIENT À CE QU'ARTHUR PEUCHEN ET MOI-MÊME VOUS ACCOMPAGNIONS ?
COMME IL VOUS PLAIRA, COLONEL.
QUELQUES MINUTES PLUS TARD...
ATTENDEZ-MOI ICI !
TOC TOC TOC !!!
OUI ?
DÉSOLÉ DE VOUS DÉRANGER, COMMANDANT. DES PASSAGERS SOU-HAITENT VOUS PARLER.
MAIS ENFIN, MURDOCH ! VOUS VOYEZ BIEN QUE JE SUIS OCCUPÉ.
PERMETTEZ-MOI D'INSISTER, COMMANDANT. JE PENSE QUE C'EST IMPORTANT !

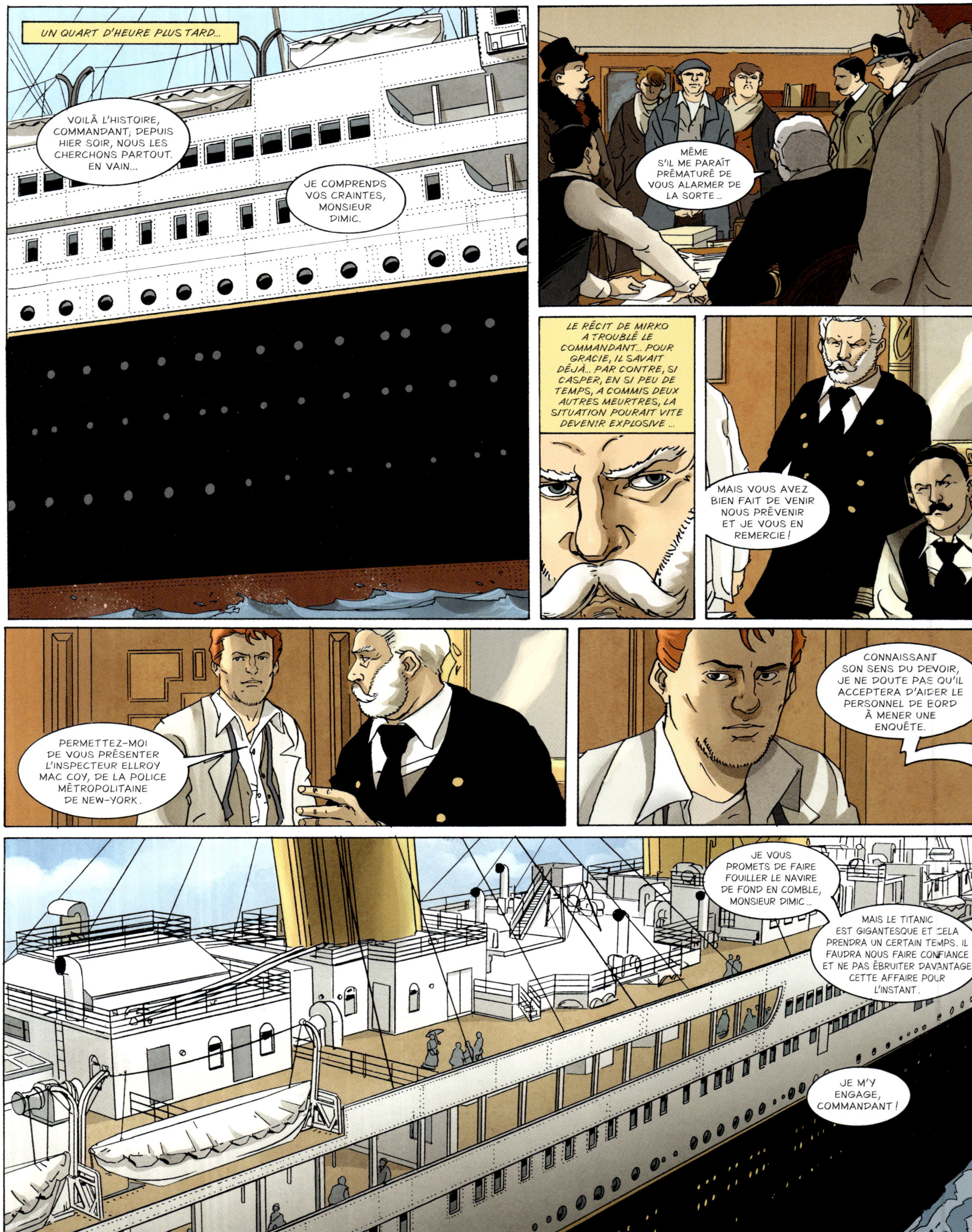
UN QUART D'HEURE PLUS TARD...
VOILÀ L'HISTOIRE, COMMANDANT; DEPUIS HIER SOIR, NOUS LES CHERCHONS PARTOUT. EN VAIN...
JE COMPRENDS VOS CRAINTES, MONSIEUR DIMIC.
MÊME S'IL ME PARAÎT PRÉMATURÉ DE VOUS ALARMER DE LA SORTE...
LE RÉCIT DE MIRKO A TROUBLÉ LE COMMANDANT... POUR GRACIE, IL SAVAIT DÉJÀ... PAR CONTRE, SI CASPER, EN SI PEU DE TEMPS, A COMMIS DEUX AUTRES MEURTRES, LA SITUATION POURAIT VITE DEVENIR EXPLOSIVE...
MAIS VOUS AVEZ BIEN FAIT DE VENIR NOUS PRÉVENIR ET JE VOUS EN REMERCIE !
PERMETTEZ-MOI DE VOUS PRÉSENTER L'INSPECTEUR ELLROY MAC COY, DE LA POLICE MÉTROPOLITAINE DE NEW-YORK.
CONNAISSANT SON SENS DU DEVOIR, JE NE DOUTE PAS QU'IL ACCEPTERA D'AIDER LE PERSONNEL DE BORD À MENER UNE ENQUÊTE.
JE VOUS PROMETS DE FAIRE FOUILLER LE NAVIRE DE FOND EN COMBLE, MONSIEUR DIMIC...
MAIS LE TITANIC EST GIGANTESQUE ET CELA PRENDRA UN CERTAIN TEMPS. IL FAUDRA NOUS FAIRE CONFIANCE ET NE PAS ÉBRUITER DAVANTAGE CETTE AFFAIRE POUR L'INSTANT.
JE M'Y ENGAGE, COMMANDANT !

IL FAUT TOUT DE MÊME GARDER À L'ESPRIT QUE NOUS NAVIGUONS AU MILIEU DE L'OCÉAN.
UN PASSAGER PEUT AVOIR UN ACCIDENT OU SE SUICIDER. QUELQU'UN QUI PASSERAIT PAR-DESSUS BORD EN PLEINE NUIT DISPARAÎTRAIT IMMANQUABLEMENT SANS LAISSER DE TRACES!
VOUS... VOUS CROYEZ QU'ELLES SONT MORTES ?...
VOS HYPOTHÈSES NE ME SEMBLENT GUÈRE CRÉDIBLES. COMMENT IMAGINER QUE TROIS JEUNES FEMMES TOMBENT ACCIDENTELLEMENT DANS L'EAU LA MÊME NUIT ?
IL NE S'AGIT PEUT-ÊTRE PAS D'UN ACCIDENT, MAIS D'UN SUICIDE COLLECTIF!
RIDICULE! CES GENS ONT CHOISI D'ABANDONNER LEUR ANCIENNE EXISTENCE POUR UNE VIE MEILLEURE EN AMÉRIQUE.
POURQUOI CES JEUNES FEMMES VOUDRAIENT-ELLES SE SUICIDER ?...
AU MÊME MOMENT...
COMMANDANT !!!
JE... JE CROIS QUE VOUS DEVRIEZ VENIR !...

NOM DE DIEU, MOODY !... DOIS-JE VOUS RAPPELER VOTRE DEVOIR ?...
SUR LE PONT ORLOP, SIR... C'EST BARTON QUI LES A TROUVÉES !
SOYEZ DISCRET, BON SANG ! VOUS VOULEZ DÉCLENCHER UNE PANIQUE À BORD ?
JE SUIS DÉSOLÉ, SIR !
DANS LA VOITURE DE MR. CARTER ! BARTON A EU L'IDÉE DE REGARDER À L'INTÉRIEUR !...
ELLES SONT LÀ, SIR. NOUS N'AVONS TOUCHÉ À RIEN !

QUELLE HORREUR !...
ELLE ONT ÉTÉ DÉCOUPÉES ET MUTILÉES, COMME GRACIE ANDERSSON !...
LES A-T-ON IDENTIFIÉES ?
BARTON LES A RECONNUES, IL TRAVAILLE DANS LE SECTEUR OÙ ELLES LOGEAIENT.
IL S'AGIT BIEN DE LOUISE MCGOWAN ET JESSIE HAAS, SIR.
C'EST QUOI, CETTE ROBE ?...
PROBABLEMENT CELLE DE MISS ANDERSSON.
VOUS Y COMPRENEZ QUELQUE CHOSE, INSPECTEUR ?
PAS VRAIMENT.
CASPER AVAIT DÉJÀ TORTURÉ ET TUÉ DES FEMMES, MAIS IL N'AVAIT JAMAIS COMMIS DE TELS ACTES.
CES MUTILATIONS NE PEUVENT ÊTRE QUE L'ŒUVRE D'UN FOU !
ET JE NE VOIS PAS CE QUI A PU FAIRE BASCULER CASPER DANS LA FOLIE.

DANS L'APRÈS-MIDI...
LES ORDRES DU COMMANDANT SMITH SONT DE RETROUVER CASPER VANHOUNDE AU PLUS VITE.
MAIS FOUILLER LE NAVIRE SANS ALARMER LES PASSAGERS S'AVÈRE UNE ENTREPRISE DÉLICATE.
CONTINUEZ SANS MOI. JE DOIS ALLER VOIR QUELQU'UN...
À VOS ORDRES, INSPECTEUR.
ELLE EST INCROYABLE, CETTE MACHINE !... HA HA HA !
ELLE ME RAPPELLE LA JUMENT RÉTIVE QUE MONTE MON PÈRE !
HA HA HA !

TIENS, ELLROY ! VOUS BOUDEZ TOUJOURS OU ÊTES-VOUS VENU POUR VOUS EXCUSER ?...
JE SUIS CONTENT DE VOUS VOIR, ALICE !...
VOUS AVEZ L'AIR SI GRAVE. IL Y A UN PROBLÈME ?...
JE DOIS VOUS PARLER... MAIS PAS ICI !...
...ALLONS AU CAFÉ PARISIEN !
VOUS ÊTES CONCERNÉE ÉGALEMENT, EMILY. VOUS DEVRIEZ VOUS JOINDRE À NOUS !...
VOILÀ... JE NE PEUX PAS VOUS EXPLIQUER POURQUOI, MAIS À PARTIR DE MAINTENANT, VOUS DEVEZ ÊTRE EXTRÊMEMENT PRUDENTES !...
ÉVITEZ DE VOUS PROMENER SEULES ! RESTEZ DANS DES ENDROITS FRÉQUENTÉS ET, SURTOUT, NE QUITTEZ PLUS VOS CABINES DURANT LA NUIT !
TOUTES CES RECOMMANDATIONS ONT-ELLES UN RAPPORT AVEC CASPER VANHOUNDE ?

IL S'EST ÉVADÉ ? C'EST ÇA ?
NON... BIEN SÛR QUE NON !..
MAIS DE QUOI PARLEZ-VOUS ? QUI EST CASPER VANHOUNDE ?...
JE ... JE NE PEUX RIEN VOUS DIRE !... JE SUIS DÉSOLÉ.
VOUS DEVEZ ME FAIRE CONFIANCE, VOS VIES EN DÉPENDENT !..
DANS LES HEURES QUI VIENNENT, FAITES TRÈS ATTENTION ET NE PRENEZ PAS DE RISQUE INUTILE !
CALMEZ-VOUS, ELLROY, JE VOUS ASSURE QUE NOUS PRENONS VOS AVERTISSEMENTS TRÈS AU SÉRIEUX.
C'EST PROMIS !... NOUS RESTERONS CONFINÉES DANS NOS CABINES DURANT LA NUIT.
MERCI DE VOUS PRÉOCCUPER AINSI DE NOTRE SÉCURITÉ.
D'AILLEURS, JE VOUS PROPOSE DE NOUS RACCOMPAGNER À NOS CABINES, COMME ÇA, VOUS SEREZ RASSURÉ SUR NOTRE SORT.

QUELQUES INSTANTS PLUS TARD...
NOUS Y SOMMES. MERCI DE M'AVOIR ACCOMPAGNÉE, MONSIEUR MAC COY !...
C'EST TOUT NATUREL !
VOUS AVEZ BIEN QUELQUES INSTANTS À ME CONSACRER, ELLROY ?
EUH... JE ...
INSPECTEUR MAC COY ?
QUE VOULEZ-VOUS ?
MON NOM EST FREDERICK ABBERLINE !... JE SUIS POLICIER, COMME VOUS !...
FREDERICK ABBERLINE ?... VOUS ÊTES LE POLICIER QUI A ENQUÊTÉ SUR LES MEURTRES DE WHITECHAPEL EN 1888 ?
LUI-MÊME, MISS LAUNCESTON-GRAVES. POUVEZ-VOUS TOUS LES DEUX M'ACCORDER QUELQUES MINUTES ?

ALORS, MONSIEUR ABBERLINE !... DE QUOI VOULIEZ-VOUS NOUS PARLER ?
DE L'ÉVASION DE CASPER VANHOUNDE.
AINSI QUE DES ASSASSINATS RÉCEMMENT COMMIS À BORD !
QUOI ?!
COMMENT ?!... QUI VOUS A PARLÉ DE ÇA ?
J'AVAIS DONC VU JUSTE ?... CE MONSTRE S'EST ÉCHAPPÉ ET A DÉJÀ FAIT DES VICTIMES ?
NON !... ENFIN, SI !
JE... JE NE PEUX PAS EN PARLER !
CALMEZ-VOUS, INSPECTEUR !... JE SAIS QUE PLUSIEURS JEUNES FEMMES ONT ÉTÉ ASSASSINÉES À BORD DURANT CES DERNIÈRES HEURES !
MAIS CETTE INFORMATION RESTERA CONFIDENTIELLE !... JE SUIS JUSTE VENU VOUS MONTRER QUELQUE CHOSE !

SAVEZ-VOUS CE QUE REPRÉSENTENT CES CLICHÉS ?
JE CONNAIS CES PHOTOGRAPHIES !... CE SONT CELLES DES VICTIMES DU TUEUR DE WHITECHAPEL EN 1888 !
CELLES DE CATHERINE EDDOWES ET MARY JANE KELLY !
POURQUOI NOUS MONTREZ-VOUS CES HORREURS ?
VOUS AVEZ VU LES CADAVRES DES FEMMES RÉCEMMENT ASSASSINÉES À BORD ? REMARQUEZ-VOUS DES SIMILITUDES ENTRE CES DERNIERS ET CEUX VISIBLES SUR CES CLICHÉS ?
OUI, PEUT-ÊTRE !... LE MODE OPÉRATOIRE SEMBLE ÊTRE LE MÊME !... MAIS POURQUOI CETTE QUESTION ?
QUEL RAPPORT ENTRE LES MEURTRES COMMIS À WHITECHAPEL EN 1888 ET LES RÉCENTS CRIMES PERPÉTRÉS À BORD ?
ÊTES-VOUS EN TRAIN DE SUGGÉRER QUE LE FANTÔME DE "JACK L'ÉVENTREUR" A REPRIS DU SERVICE À BORD DU TITANIC ?
TOUT CELA EST RIDICULE !... LES RÉCENTS ASSASSINATS SONT L'ŒUVRE DE CASPER VANHOUNDE.
IL FAUT LE RETROUVER AU PLUS VITE ET VOUS ÊTES EN TRAIN DE ME FAIRE PERDRE UN TEMPS PRÉCIEUX, MONSIEUR ABBERLINE !

J'AI DÉJÀ PROPOSÉ MON AIDE AU COMMANDANT SMITH ET IL L'A ACCEPTÉE !... JE SUIS À VOTRE DISPOSITION !
MA LONGUE EXPÉRIENCE DANS CE GENRE D'ENQUÊTE PEUT VOUS ÊTRE UTILE.
POUR ÊTRE HONNÊTE, JE DOIS VOUS AVOUER QUE J'AI UNE THÉORIE CONCERNANT CES MEURTRES !... MALHEUREUSEMENT, FAUTE DE PREUVES TANGIBLES, IL EST PRÉMATURÉ DE VOUS L'EXPOSER.
TOUT CE QUE JE PEUX VOUS DIRE POUR L'INSTANT, C'EST QUE CES TERRIBLES ÉVÉNEMENTS VONT PROBABLEMENT S'ACCÉLÉRER DANS LES PROCHAINES HEURES.
EN ATTENDANT, SI VOUS N'Y VOYEZ PAS D'INCONVÉNIENTS, J'AIMERAIS VOIR LES CADAVRES DES VICTIMES ET INTERROGER LE MÉDECIN QUI A FAIT LES AUTOPSIES.
D'AILLEURS, À PROPOS DE CES MEURTRES, J'AURAI UN SERVICE À DEMANDER À MISS LAUNCESTON-GRAVES
C'EST HORS DE QUESTION !
CETTE ENQUÊTE EST BEAUCOUP TROP DANGEREUSE ! ... POUR SA SÉCURITÉ, ALICE DOIT ABSOLUMENT RESTER EN DEHORS DE TOUT ÇA !
MAIS DE QUEL DROIT VOUS MÊLEZ-VOUS DE MA VIE, ELLROY ?...
JE SUIS UNE FEMME LIBRE ET JE DÉCIDERAI SEULE SI JE DOIS OU NON DONNER SUITE À CETTE DEMANDE !
JE VOUS ÉCOUTE, MONSIEUR ABBERLINE.

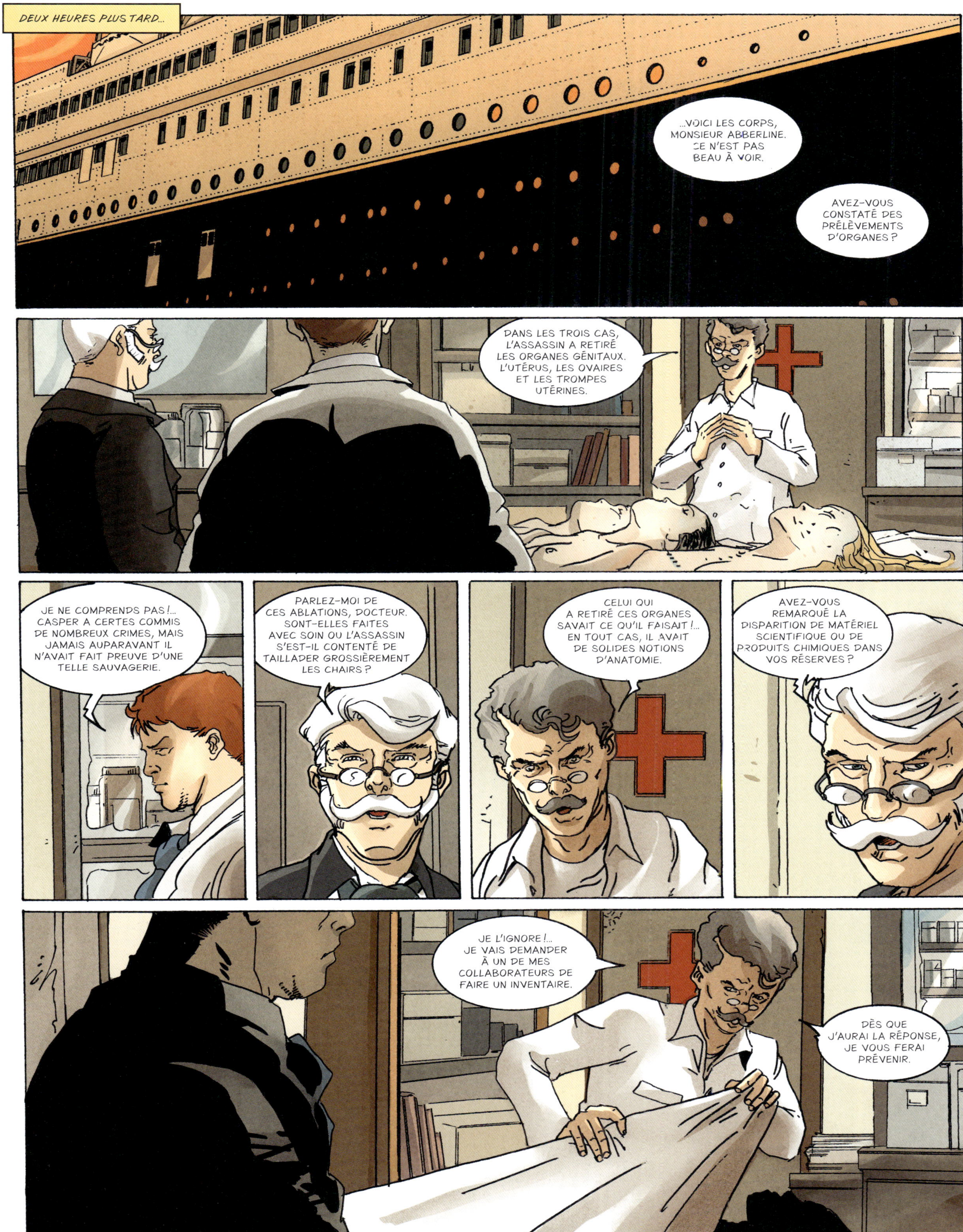
DEUX HEURES PLUS TARD...
...VOICI LES CORPS, MONSIEUR ABBERLINE. CE N'EST PAS BEAU À VOIR.
AVEZ-VOUS CONSTATÉ DES PRÉLÈVEMENTS D'ORGANES ?
DANS LES TROIS CAS, L'ASSASSIN A RETIRÉ LES ORGANES GÉNITAUX. L'UTÉRUS, LES OVAIRES ET LES TROMPES UTÉRINES.
JE NE COMPRENDS PAS !... CASPER A CERTES COMMIS DE NOMBREUX CRIMES, MAIS JAMAIS AUPARAVANT IL N'AVAIT FAIT PREUVE D'UNE TELLE SAUVAGERIE.
PARLEZ-MOI DE CES ABLATIONS, DOCTEUR. SONT-ELLES FAITES AVEC SOIN OU L'ASSASSIN S'EST-IL CONTENTÉ DE TAILLADER GROSSIÈREMENT LES CHAIRS ?
CELUI QUI A RETIRÉ CES ORGANES SAVAIT CE QU'IL FAISAIT !... EN TOUT CAS, IL AVAIT DE SOLIDES NOTIONS D'ANATOMIE.
AVEZ-VOUS REMARQUÉ LA DISPARITION DE MATÉRIEL SCIENTIFIQUE OU DE PRODUITS CHIMIQUES DANS VOS RÉSERVES ?
JE L'IGNORE !... JE VAIS DEMANDER À UN DE MES COLLABORATEURS DE FAIRE UN INVENTAIRE.
DÈS QUE J'AURAI LA RÉPONSE, JE VOUS FERAI PRÉVENIR.

LE SAMEDI 13 AVRIL, DANS L'APRÈS-MIDI.
ELLE EST ARRIVÉE...
MERCI !
QUELQUES INSTANTS PLUS TARD...
BONJOUR EMILY !
ALICE ?!

JE CROYAIS QUE TU N'AIMAIS PAS NAGER ?
CE N'ÉTAIT PAS PROGRAMMÉ. JUSTE UNE ENVIE SOUDAINE !
TU TE SOUVIENS QUAND NOUS ÉTIONS ENFANTS ?... LES BAINS DE MER À BRIGHTON ?
ALLEZ !... ON FAIT LA COURSE ?
EXCUSE-MOI, ALICE... JE SUIS FATIGUÉE.
ON SE RETROUVE POUR LE DÎNER ?

LE DIMANCHE 14 AVRIL...
UN CÂBLE DU CARONIA, COMMANDANT.
ILS NOUS SIGNALENT DES ICEBERGS ET DES GROWLERS PAR 42° NORD, DE 49° À 51° OUEST.
TRÈS BIEN, MONSIEUR MOODY.
AFFICHEZ CE MESSAGE DANS LA SALLE DES CARTES.
À VOS ORDRES, SIR !
INSPECTEUR, PERMETTEZ-MOI DE VOUS PRÉSENTER THOMAS ANDREWS. C'EST L'ARCHITECTE NAVAL QUI A CONSTRUIT CE MAGNIFIQUE NAVIRE.
RAVI DE RENCONTRER UN DES PLUS ÉMINENTS POLICIERS DU YARD, MONSIEUR ABBERLINE
J'ÉTAIS EN TRAIN DE COMPTER LES CANOTS, MONSIEUR ANDREWS. JE LES TROUVE PEU NOMBREUX POUR UN PAQUEBOT DE CETTE TAILLE.
COMBIEN DE PERSONNES PEUVENT-ILS EMBARQUER ?
IL Y A SEIZE GRANDS CANOTS ET QUATRE RADEAUX PLIABLES ENGELHARDT.
AU TOTAL, LES EMBARCATIONS PEUVENTTRANSPORTER 1178 PASSAGERS !
SEULEMENT ?... MAIS, EN TENANT COMPTE DE L'ÉQUIPAGE, IL Y A PROBABLEMENT PLUS DE DEUX MILLE PERSONNES À BORD !
EN CAS DE NAUFRAGE, IL Y AURAIT ÉNORMÉMENT DE VICTIMES ?

NE VOUS INQUIÉTEZ PAS, INSPECTEUR ! CES CANOTS NE SERVIRONT JAMAIS !
LE TITANIC EST INSUBMERSIBLE. C'EST LE NAVIRE LE PLUS SÛR DU MONDE.
ET UN DES PLUS RAPIDES ! SAVEZ-VOUS, MESSIEURS, QUE NOTRE VITESSE DE CROISIÈRE DÉPASSE LES 22 NŒUDS ?
OBSERVEZ LES CHEMINÉES. LES MACHINES TOURNENT À PLEIN RÉGIME !
JE NE VOIS AUCUNE FUMÉE SORTANT DE LA QUATRIÈME CHEMINÉE. DEVONS-NOUS EN CONCLURE QUE TOUS LES MOTEURS NE SONT PAS UTILISÉS ?
LA DERNIÈRE CHEMINÉE EST FACTICE.
IL S'AGIT D'UN SIMPLE PUITS DE VENTILATION AJOUTÉ DANS UN SOUCI ESTHÉTIQUE POUR ÉQUILIBRER LA SILHOUETTE DU NAVIRE
UNE FAUSSE CHEMINÉE ? ET ON PEUT Y ACCÉDER ?

VOUS PARLEZ DE PÉNÉTRER À L'INTÉRIEUR ?... C'EST POSSIBLE, MAIS IL N'Y A RIEN À VOIR.
MONSIEUR ISMAY, SAVEZ-VOUS SI L'INTÉRIEUR DE LA QUATRIÈME CHEMINÉE A ÉTÉ FOUILLÉ PAR L'ÉQUIPAGE ?
JE ... NON, JE NE CROIS PAS AVOIR ENTENDU PARLÉ D'UNE FOUILLE À CET ENDROIT !
NOM DE DIEU !
VENEZ AVEC MOI, ABBERLINE !
VOUS, LÀ ! MONTREZ-MOI COMMENT ON ENTRE DANS LE PUITS DE VENTILATION !
OUI, SIR !...
IL N'Y A RIEN LÀ-DEDANS. C'EST JUSTE UNE REMISE POUR RANGER LES CHAISES-LONGUES.
SUIVEZ-MOI !

OÙ MÈNE CETTE ÉCHELLE ?
À UN PETIT ATELIER DE MAINTENANCE !
PERSONNE N'Y VA JAMAIS, SIR !
GOOD LORD !
C'EST VANHOUNDE ?
SON CADAVRE, SI J'EN CROIS L'ODEUR QU'IL DÉGAGE.
COMME GREEN. ABATTU D'UNE BALLE DE DERINGER EN PLEIN FRONT.
NOM DE DIEU ! MAC COY, VENEZ VOIR ÇA !
LES RESTES DES ORGANES PRÉLEVÉS SUR LES CORPS DE CES MALHEUREUSES...
BON DIEU, ABBERLINE !... QU'EST-CE QUE TOUT CELA VEUT DIRE ?
QUE J'AVAIS MALHEUREUSEMENT RAISON ET QU'IL EST GRAND TEMPS D'AVOIR UNE SÉRIEUSE EXPLICATION AVEC LE COMMANDANT SMITH.

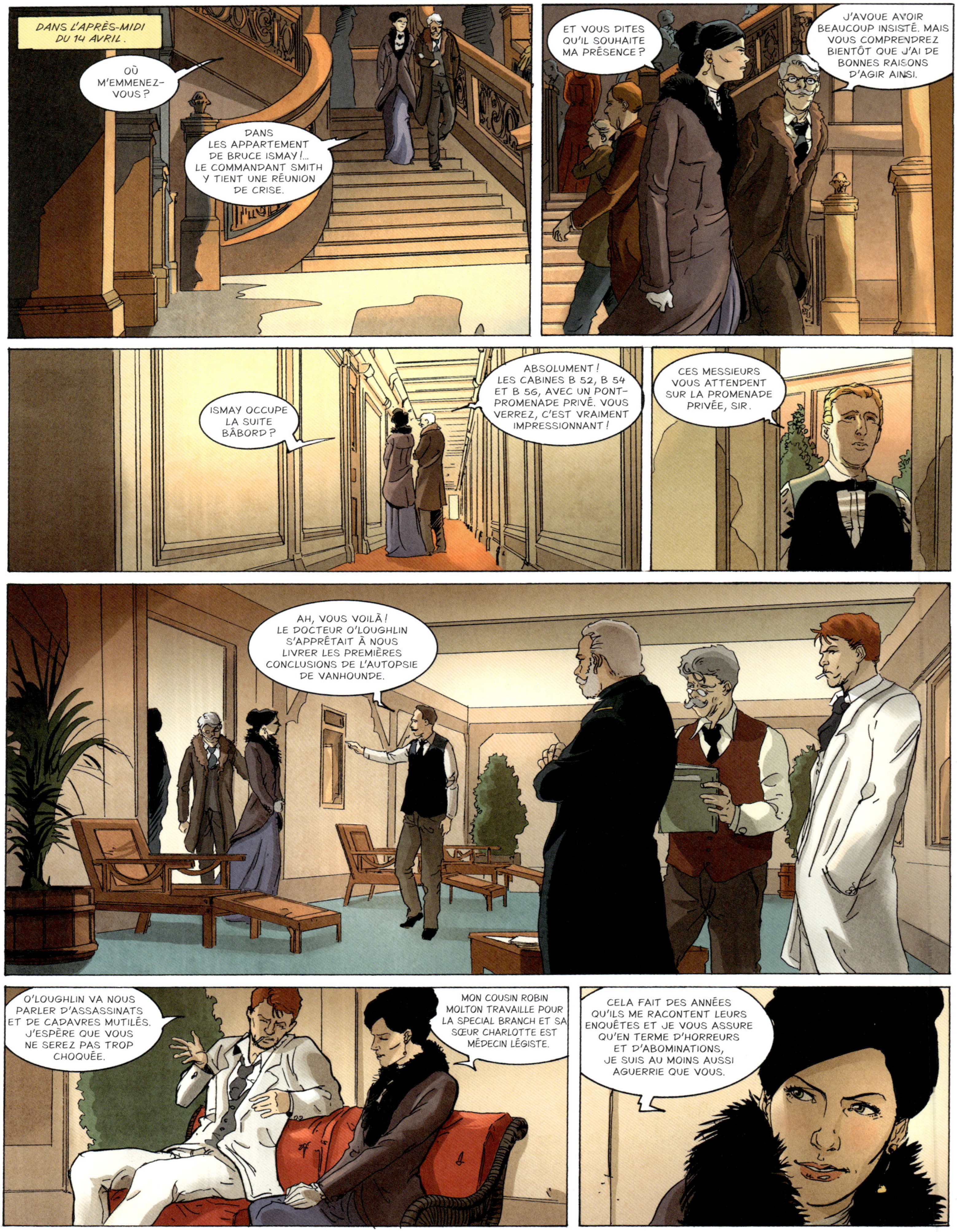
DANS L'APRÈS-MIDI DU 14 AVRIL.
OÙ M'EMMENEZ-VOUS ?
DANS LES APPARTEMENT DE BRUCE ISMAY !... LE COMMANDANT SMITH Y TIENT UNE RÉUNION DE CRISE.
ET VOUS DITES QU'IL SOUHAITE MA PRÉSENCE ?
J'AVOUE AVOIR BEAUCOUP INSISTÉ. MAIS VOUS COMPRENDREZ BIENTÔT QUE J'AI DE BONNES RAISONS D'AGIR AINSI.
ISMAY OCCUPE LA SUITE BÂBORD ?
ABSOLUMENT ! LES CABINES B 52, B 54 ET B 56, AVEC UN PONT-PROMENADE PRIVÉ. VOUS VERREZ, C'EST VRAIMENT IMPRESSIONNANT !
CES MESSIEURS VOUS ATTENDENT SUR LA PROMENADE PRIVÉE, SIR.
AH, VOUS VOILÀ ! LE DOCTEUR O'LOUGHLIN S'APPRÊTAIT À NOUS LIVRER LES PREMIÈRES CONCLUSIONS DE L'AUTOPSIE DE VANHOUNDE.
O'LOUGHLIN VA NOUS PARLER D'ASSASSINATS ET DE CADAVRES MUTILÉS. J'ESPÈRE QUE VOUS NE SEREZ PAS TROP CHOQUÉE.
MON COUSIN ROBIN MOLTON TRAVAILLE POUR LA SPECIAL BRANCH ET SA SŒUR CHARLOTTE EST MÉDECIN LÉGISTE.
CELA FAIT DES ANNÉES QU'ILS ME RACONTENT LEURS ENQUÊTES ET JE VOUS ASSURE QU'EN TERME D'HORREURS ET D'ABOMINATIONS, JE SUIS AU MOINS AUSSI AGUERRIE QUE VOUS.

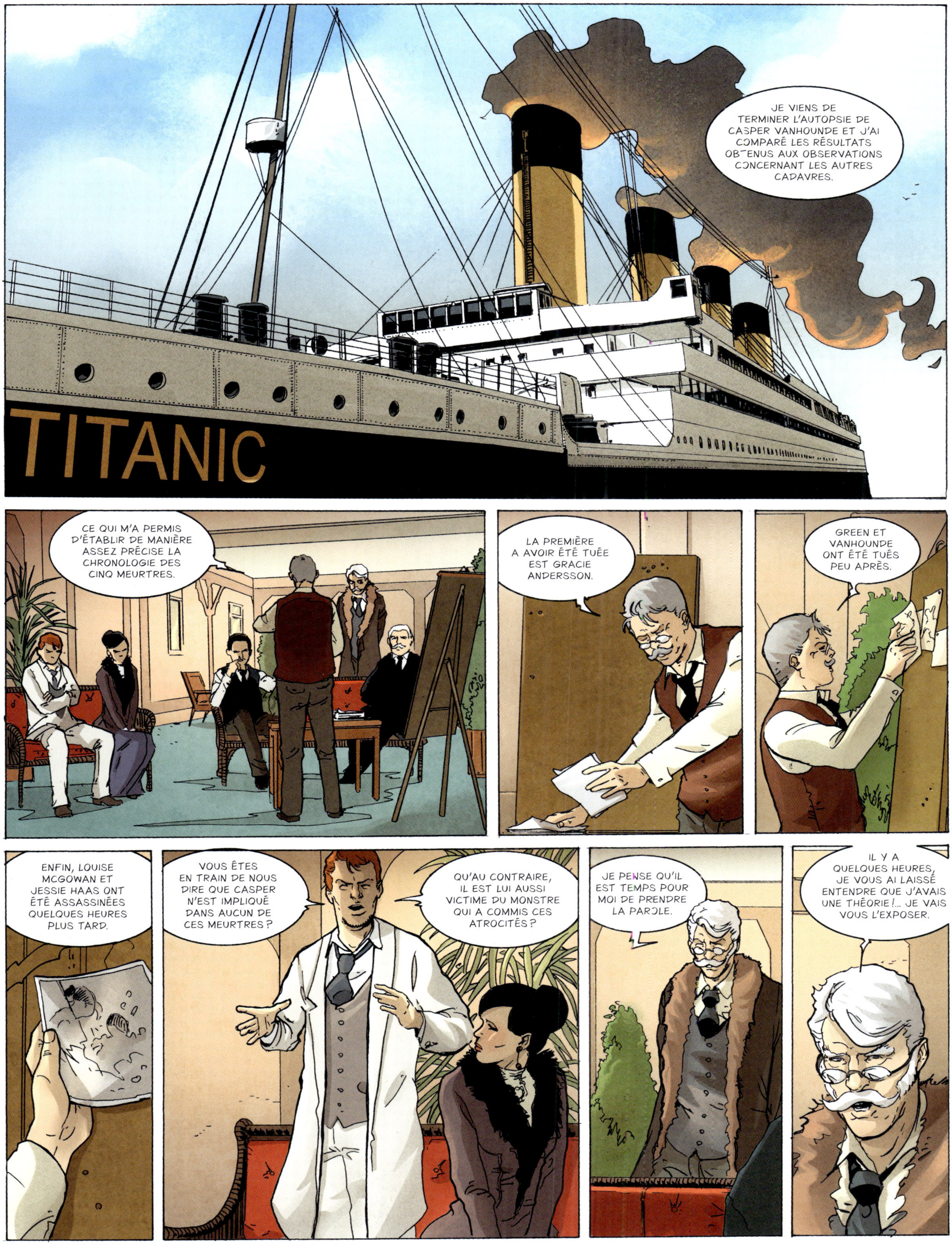
TITANIC
JE VIENS DE TERMINER L'AUTOPSIE DE CASPER VANHOUNDE ET J'AI COMPARÉ LES RÉSULTATS OBTENUS AUX OBSERVATIONS CONCERNANT LES AUTRES CADAVRES.
CE QUI M'A PERMIS D'ÉTABLIR DE MANIÈRE ASSEZ PRÉCISE LA CHRONOLOGIE DES CINQ MEURTRES.
LA PREMIÈRE A AVOIR ÉTÉ TUÉE EST GRACIE ANDERSSON.
GREEN ET VANHOUNDE ONT ÉTÉ TUÉS PEU APRÈS.
ENFIN, LOUISE MCGOWAN ET JESSIE HAAS ONT ÉTÉ ASSASSINÉES QUELQUES HEURES PLUS TARD.
VOUS ÊTES EN TRAIN DE NOUS DIRE QUE CASPER N'EST IMPLIQUÉ DANS AUCUN DE CES MEURTRES ?
QU'AU CONTRAIRE, IL EST LUI AUSSI VICTIME DU MONSTRE QUI A COMMIS CES ATROCITÉS ?
JE PENSE QU'IL EST TEMPS POUR MOI DE PRENDRE LA PAROLE.
IL Y A QUELQUES HEURES, JE VOUS AI LAISSÉ ENTENDRE QUE J'AVAIS UNE THÉORIE !... JE VAIS VOUS L'EXPOSER.

VOUS DEVEZ TOUT D'ABORD SAVOIR QUE L'ENQUÊTE SUR LES MEURTRES DE WHITECHAPEL EN 1888 N'A JAMAIS ÉTÉ CLOSE.
AU CONTRAIRE, LA POLICE BRITANNIQUE A MIS UN POINT D'HONNEUR À POURSUIVRE LES INVESTIGATIONS DURANT TOUTES CES ANNÉES.
EN 1898, UN MALFRAT DU NOM DE SUGDEN M'A FAIT APPELER À SON CHEVET. L'HOMME VOULAIT SOULAGER SA CONSCIENCE AVANT DE MOURIR.
SUGDEN VOULAIT ME PARLER DES CRIMES DE JACK L'ÉVENTREUR. IL EN PARLAIT D'AUTANT PLUS AISÉMENT QU'IL Y AVAIT PARTICIPÉ.
C'EST LUI QUI AVAIT ASSASSINÉ CES PAUVRES FILLES.
ASSASSINÉ, MAIS PAS MUTILÉ !... IL AVAIT ÉTÉ EMBAUCHÉ COMME HOMME DE MAIN ET COMME EXÉCUTEUR PAR UNE FEMME DE LA BONNE SOCIÉTÉ.
UNE LADY QUI FAISAIT ASSASSINER DES PROSTITUÉES POUR ENSUITE DÉCOUPER ET MUTILER LEURS CADAVRES.
C'ÉTAIT UNE VÉRITABLE BOUCHERIE !... ELLE PRÉLEVAIT ESSENTIELLEMENT LES ORGANES GÉNITAUX.

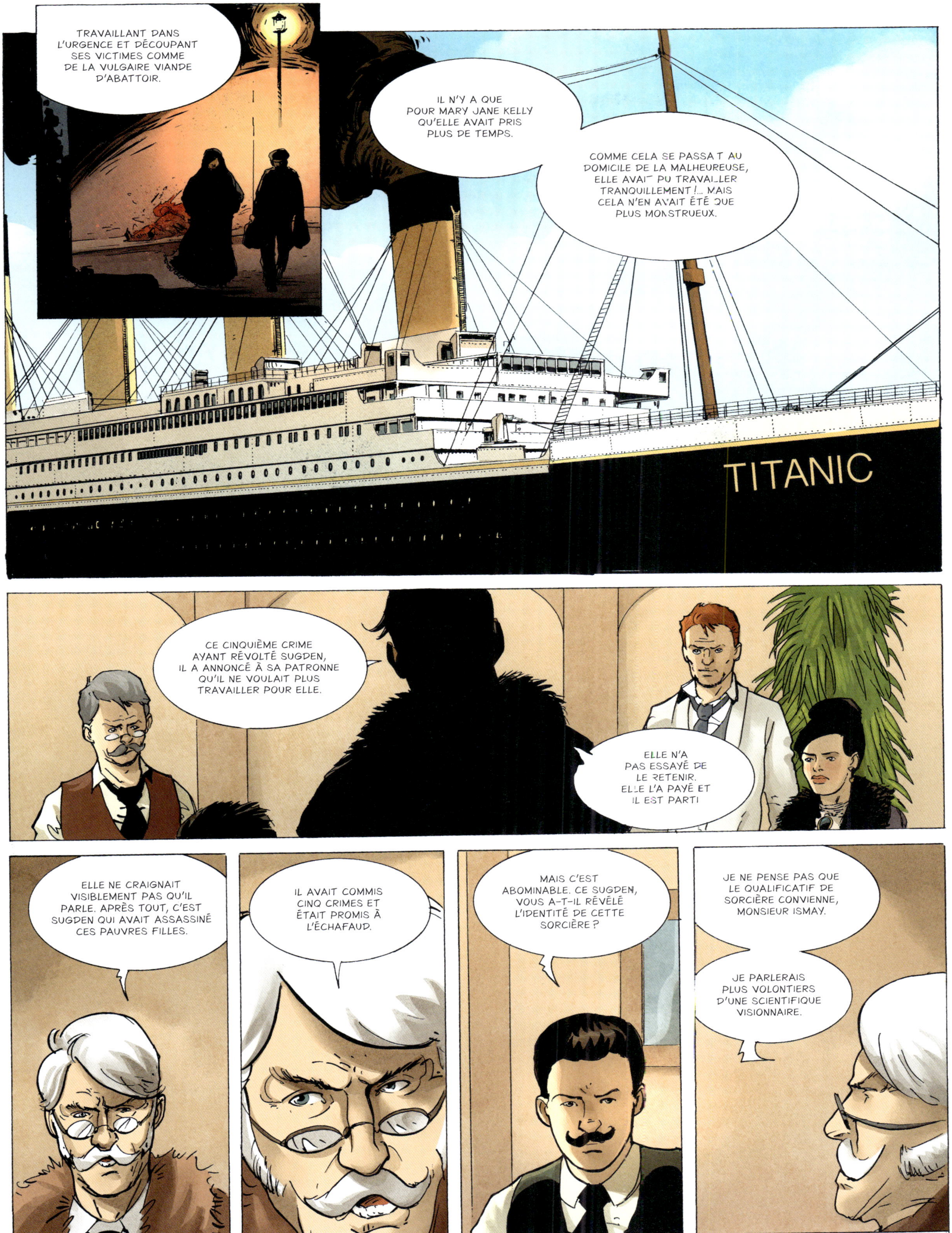

TRAVAILLANT DANS L'URGENCE ET DÉCOUPANT SES VICTIMES COMME DE LA VULGAIRE VIANDE D'ABATTOIR.
IL N'Y A QUE POUR MARY JANE KELLY QU'ELLE AVAIT PRIS PLUS DE TEMPS.
COMME CELA SE PASSAIT AU DOMICILE DE LA MALHEUREUSE, ELLE AVAIT PU TRAVAILLER TRANQUILLEMENT !... MAIS CELA N'EN AVAIT ÉTÉ QUE PLUS MONSTRUEUX.
TITANIC
CE CINQUIÈME CRIME AYANT RÉVOLTÉ SUGDEN, IL A ANNONCÉ À SA PATRONNE QU'IL NE VOULAIT PLUS TRAVAILLER POUR ELLE.
ELLE N'A PAS ESSAYÉ DE LE RETENIR. ELLE L'A PAYÉ ET IL EST PARTI
ELLE NE CRAIGNAIT VISIBLEMENT PAS QU'IL PARLE. APRÈS TOUT, C'EST SUGDEN QUI AVAIT ASSASSINÉ CES PAUVRES FILLES.
IL AVAIT COMMIS CINQ CRIMES ET ÉTAIT PROMIS À L'ÉCHAFAUD.
MAIS C'EST ABOMINABLE. CE SUGDEN, VOUS A-T-IL RÉVÉLÉ L'IDENTITÉ DE CETTE SORCIÈRE ?
JE NE PENSE PAS QUE LE QUALIFICATIF DE SORCIÈRE CONVIENNE, MONSIEUR ISMAY.
JE PARLERAIS PLUS VOLONTIERS D'UNE SCIENTIFIQUE VISIONNAIRE.

UNE SCIENTIFIQUE ?... QUE VOULEZ-VOUS DIRE.
CETTE FEMME ESSAYAIT DE METTRE AU POINT UNE SORTE D'ÉLIXIR DE JOUVENCE.
UN MÉDICAMENT UTILISANT DU MATÉRIEL BIOLOGIQUE HUMAIN ET DESTINÉ À EMPÊCHER LE VIEILLISSEMENT.
VOUS RACONTEZ N'IMPORTE QUOI !... COMMENT POUVEZ-VOUS CROIRE DE TELLES SORNETTES.
NE SOYEZ PAS SI PÉREMPTOIRE, MAC COY. VOYONS D'ABORD CE QUE MISS LAUNCESTON-GRAVES PENSE DE CE CECI ?
DE QUOI S'AGIT-IL ?
D'UN CERTIFICAT DE DÉCÈS ÉTABLI PAR L'ADMINISTRATION ANGLAISE DE BOMBAY.
UN DOCUMENT QUI PROUVE QU'EMILY BRIDGEMAN EST MORTE DANS LA COLONIE LE 6 JUIN 1893 À L'ÂGE DE QUATORZE ANS.
MAIS... MAIS SI EMILY EST MORTE, QUI EST LA FEMME QUI VOYAGE SOUS SON NOM ?
IL NE PEUT S'AGIR D'UNE IMPOSTURE. CETTE JEUNE FEMME CONNAÎT TROP BIEN MON ENFANCE ET MA VIE !

MISS LAUNCESTON-GRAVES, IL Y A DEUX JOURS, JE VOUS AI FAIT UNE SUGGESTION. AVEZ-VOUS DÉCOUVERT QUELQUE CHOSE.
PEUT-ÊTRE... MÊME SI JE NE SAIS PAS QUOI EN PENSER.
EXPLIQUEZ-VOUS, ALICE !
COMME VOUS LE SAVEZ, DANS MON ENFANCE, J'AI BEAUCOUP FRÉQUENTÉ JEMIMA BRIDGEMAN, LA MÈRE D'EMILY...
ELLE SE PLAIGNAIT SOUVENT AUPRÈS DE MA MÈRE D'UNE VIEILLE BLESSURE DUE À UNE CHUTE DE CHEVAL.
ELLE AVAIT GARDÉ DE CET ACCIDENT UNE VILAINE CICATRICE AU MOLLET GAUCHE !... UNE TRACE QU'ELLE TROUVAIT PARTICULIÈREMENT INESTHÉTIQUE.
JE NE VOIS PAS LE RAPPORT AVEC LES CRIMES RÉCEMMENT COMMIS À BORD.
HIER, J'AI SUIVI EMILY À LA PISCINE. JE DIS SUIVI, CAR DEPUIS LE DÉPART, ELLE AVAIT REFUSÉ DE M'Y ACCOMPAGNER, PRÉTEXTANT DÉTESTER NAGER.
ALORS QU'EN INTERROGEANT LE PERSONNEL, J'AVAIS APPRIS QU'ELLE S'Y RENDAIT TOUS LES JOURS.
ELLE PRÉFÈRE SANS DOUTE NAGER SEULE. CE N'EST PAS UN CRIME.
PEUT-ÊTRE !...
TOUJOURS EST-IL QU'EMILY A SUR LE MOLLET GAUCHE UNE CICATRICE IDENTIQUE À CELLE DE SA MÈRE !... BIEN QUE NETTEMENT ATTÉNUÉE PAR RAPPORT À MON SOUVENIR, ELLE SE TROUVAIT EXACTEMENT AU MÊME ENDROIT.
OR, À MA CONNAISSANCE, LES CICATRICES NE SONT PAS HÉRÉDITAIRES.

MONSIEUR ABBERLINE, QUEL CRÉDIT POUVONS-NOUS ACCORDER À CE CERTIFICAT DE DÉCÈS ? POURRAIT-IL S'AGIR D'UNE ERREUR ?
LE DOCUMENT ME SEMBLE AUTHENTIQUE, COMMANDANT !... MAIS UNE ERREUR EST TOUJOURS POSSIBLE, SURTOUT DE LA PART DE L'ADMINISTRATION COLONIALE.
JE NE VOUS SUIS PAS !... VOUS CROYEZ SÉRIEUSEMENT QUE VOTRE AMIE EST EN RÉALITÉ JEMIMA BRIDGEMAN ET QU'ELLE A PLUS DE SOIXANTE ANS.
CES DERNIERS JOURS, J'AI PASSÉ BEAUCOUP DE TEMPS AVEC EMILY ET QUELQUE CHOSE M'A TROUBLÉE.
NOUS AVONS PLEIN DE SOUVENIRS COMMUNS, MAIS ELLE SEMBLE AVOIR OUBLIÉ NOS JEUX ET NOS SECRETS DE FILLETTES.
UN PEU COMME SI SES SOUVENIRS ÉTAIENT CEUX D'UNE ADULTE ET NON PAS CEUX D'UNE ENFANT DE DIX ANS.
VOILÀ QUI RENFORCE MES SOUPÇONS.
SI J'AI BIEN COMPRIS VOTRE THÉORIE, INSPECTEUR, NON SEULEMENT VOUS PENSEZ QUE JEMIMA BRIDGEMAN A MIS AU POINT UN ÉLIXIR DE JOUVENCE QUI LUI PERMET DE VOYAGER SOUS L'IDENTITÉ DE SA FILLE.
MAIS VOUS LA SOUPÇONNEZ EN PLUS D'ÊTRE L'INSTIGATRICE DES CRIMES COMMIS À LONDRES IL Y A VINGT-QUATRE ANS ?
VOUS COMPRENDREZ QUE JE REFUSE D'INQUIÉTER UNE PASSAGÈRE DE L'IMPORTANCE DE LADY MILFORD SUR LA BASE DE THÉORIES AUSSI LOUFOQUES.
ALLONS PLUTÔT DÎNER. DEMAIN MATIN, NOUS Y VERRONS PLUS CLAIR.
UN DE MES AGENTS POURRAIT DISCRÈTEMENT SURVEILLER EMILY BRIDGEMAN.
ET POURQUOI FAIRE, MAC COY ?... NOUS NAVIGUONS EN PLEIN ATLANTIQUE NORD !... ELLE NE RISQUE PAS DE QUITTER LE NAVIRE DURANT LA NUIT.
TITANIC

LE 14 AVRIL, VERS 23H30 ...
JE N'AI PAS REVU EMILY DEPUIS CE MATIN ET ELLE N'EST PAS VENUE DÎNER. JE DEVRAIS PEUT-ÊTRE PASSER LA VOIR.
EXCELLENTE IDÉE ! NOUS VOUS ACCOMPAGNONS.
TOC! TOC TOC!!
ELLE NE RÉPOND PAS...
JE DISPOSE D'UN PASSE-PARTOUT. JE PEUX OUVRIR LA PORTE.
JE DOIS D'AILLEURS VOUS FAIRE UN AVEU. J'AI DÉJÀ VISITÉ CETTE CABINE IL Y A QUELQUES JOURS.
CLIC! CLIC!!
VOUS AVEZ FAIT QUOI ?
C'ÉTAIT POUR RÉCUPÉRER UNE PIÈCE À CONVICTION.
JE PARLE DU FLACON CONTENANT LE FAMEUX ÉLIXIR DE JOUVENCE.

TITANIC
IL N'Y A PERSONNE. ELLE N'EST PAS LÀ.
QUE COMPTEZ-VOUS FAIRE AVEC LE FLACON QUE VOUS AVEZ DÉROBÉ.
FAIRE ANALYSER LE LIQUIDE À NEW-YORK. MAIS CE VOL A ÉTÉ UNE INITIATIVE MALHEUREUSE.
POURQUOI "MALHEUREUSE" ?
EN LA PRIVANT DE SA RÉSERVE D'ÉLIXIR, J'AI CONTRAINT LADY MILFORD À EN FABRIQUER AVEC LES MOYENS DU BORD.
C'EST MOI QUI SUIS INDIRECTEMENT RESPONSABLE DE LA MORT DE CES MALHEUREUSES.
ADMETTONS ! MÊME SI VOTRE HYPOTHÈSE ME SEMBLE TOUJOURS AUSSI DÉLIRANTE.
MAIS POURQUOI AVOIR LIBÉRÉ CASPER POUR ENSUITE L'ABATTRE D'UNE BALLE EN PLEINE TÊTE ?
À CAUSE DE SA RÉPUTATION DE TUEUR DE FEMMES !... SI DES PASSAGÈRES ÉTAIENT ASSASSINÉES À BORD ALORS QU'IL ÉTAIT EN LIBERTÉ, LA POLICE ALLAIT FORCÉMENT LE METTRE EN CAUSE.
CE QUI LAISSAIT À EMILY LE TEMPS D'ARRIVER À NEW-YORK ET DE DISPARAÎTRE SANS ÊTRE INQUIÉTÉE.
NOUS DEVONS GARDER À L'ESPRIT QU'ELLE IGNORAIT LA PRÉSENCE DE L'INSPECTEUR ABBERLINE À BORD.
SANS LUI, JAMAIS NOUS NE L'AURIONS SOUPÇONNÉE.

HOLY SHIT ! REGARDEZ CE QUE JE VIENS DE TROUVER.
LE BILLET DE GREEN SIGNALANT LA PRÉSENCE DE GRACIE ANDERSSON À BORD.
UN DOCUMENT QUI NE M'EST JAMAIS PARVENU, MAIS QUI A SANS DOUTE INSPIRÉ SON PLAN À EMILY.
VERS 23H40
NOM DE DIEU, FRED ! QU'EST-CE QU'IL PEUT FAIRE FROID.
SERRE LES DENTS, VIEUX. ON VIENT NOUS RELEVER DANS MOINS DE VINGT MINUTES.
JE NE SENS PLUS MES DOIGTS. DÈS QUE JE DESCENDS DE CE MAUDIT PERCHOIR, JE ME PRÉCIPITE À LA CAMBUSE POUR AVALER UN TONNEAU DE THÉ CHAUD !
GOOD LORD !!!
REGARDE, REGI ! IL Y A UN ICEBERG DROIT DEVANT !...

DING!!! DING!!!DING! DING!!!
KRR!!! DRIIIING!! DRIIIING!!!
OUI?...
UN ICEBERG ! UN ICEBERG DROIT DEVANT !
ICEBERG DROIT DEVANT. LA BARRE À TRIBORD TOUTE !!!
MACHINE EN ARRIÈRE TOUTE !!!
POURQUOI NE VIRE-T-IL PAS?

ON VA TOUCHER !!!
TITANIC
KRRRRR!!!
KRAAASHHHHH!!!!
VOUS AVEZ ENTENDU CE BRUIT ?... QU'EST-CE QUE C'ÉTAIT ?!
LES MOTEURS SE SONT ARRÊTÉS.
RESTEZ ICI, JE VAIS VOIR CE QUE C'EST.
QUE SE PASSE-T-IL ?
SANS DOUTE UN PROBLÈME AVEC LES MOTEURS, SIR. JE VAIS ME RENSEIGNER.

IL EST MINUIT QUAND ELLROY ARRIVE SUR LE PONT DES EMBARCATIONS...
QUELLE EST LA RAISON DE CETTE AGITATION ?...
NOUS VENONS DE HEURTER UN ICEBERG !...
C'EST GRAVE ?...
LA PROUE EST EN TRAIN DE S'ENFONCER !... VOUS N'AVEZ PAS REMARQUÉ QUE LE PONT S'INCLINE VERS L'AVANT ?...
EXCUSEZ-MOI !... J'AI DES ORDRES À DONNER !...
MAIS C'EST IMPOSSIBLE !... CE NAVIRE NE PEUT PAS COULER !...
JE SUIS DÉSOLÉ, BRUCE, MAIS MES CALCULS SONT EXACTS !... IL NOUS RESTE ENVIRON UNE HEURE !...
...DEUX AU MAXIMUM, AVANT QUE LE PAQUEBOT NE COULE !...
LANCEZ UN SOS, MONSIEUR PHILLIPS ! NOTRE POSITION EST 41°46' NORD ET 50°14' OUEST.
DEMANDEZ À TOUS LES NAVIRES SUR ZONE DE SE DÉTOURNER DE LEUR ROUTE POUR NOUS PORTER SECOURS !...
...MONSIEUR MURDOCH, FAITES DÉCAPELER LES CANOTS ET PRÉPAREZ-VOUS À FAIRE EMBARQUER LES FEMMES ET LES ENFANTS !
À VOS ORDRES, SIR !...

AH, ELLROY !... ÉCOUTEZ ÇA !... L'INSPECTEUR ABBERLINE A ÉLABORÉ UNE THÉORIE !...
IL PENSE QU'EMILY S'EST RÉFUGIÉE PARMI LES PASSAGERS DE LA TROISIÈME CLASSE...
...LÀ OÙ PERSONNE NE PEUT LA RECONNAÎTRE !
TOUT CELA N'A PLUS D'IMPORTANCE, ALICE !...
QUE VOULEZ-VOUS DIRE ?...
LE PAQUEBOT EST EN TRAIN DE COULER !... IL FAUT VOUS HABILLER CHAUDEMENT ET METTRE VOS GILETS DE SAUVETAGE !...
...JE VAIS VOUS ACCOMPAGNER JUSQU'AUX CANOTS POUR VOUS FAIRE EMBARQUER !...
LA SITUATION EST-ELLE À CE POINT DÉSESPÉRÉE ?...
OUI ! LE TITANIC AURA SOMBRÉ DANS MOINS DE DEUX HEURES !...
TRÈS BIEN... JE RETOURNE DANS MA CABINE POUR ME PRÉPARER.
IL N'EN EST PAS QUESTION ! JE REFUSE D'ABANDONNER !...

JE NE PLAISANTE PAS ! NOUS SOMMES EN TRAIN DE COULER !...
PEU M'IMPORTE !... JE N'AI PAS PASSÉ MA VIE À ESSAYER DE RÉSOUDRE CETTE AFFAIRE POUR RENONCER MAINTENANT !
EN VÉRITÉ, CE NAUFRAGE M'ARRANGE ! IL VA OBLIGER LADY MILFORD À SORTIR DE SON TROU !...
...ET QUAND ELLE SURGIRA DES ENTRAILLES DU NAVIRE, JE SERAI LÀ POUR L'ARRÊTER !...
MAIS C'EST DE LA FOLIE !... SOUVENEZ-VOUS DES PROPOS DE THOMAS ANDREWS !...
...IL N'Y A PAS ASSEZ DE PLACE SUR LES CANOTS !...
...PLUS D'UN MILLIER D'HOMMES ET DE FEMMES VONT PÉRIR DANS DES EAUX DONT LA TEMPÉRATURE N'EXCÈDE PAS UN DEGRÉ CENTIGRADE !...
VOUS M'EN VOYEZ NAVRÉ, ELLROY. MAIS SI VOTRE DEVOIR EST DE SAUVER ALICE...
...LE MIEN EST DE RENDRE JUSTICE À TOUTES LES MALHEUREUSES VICTIMES DE CE MONSTRE !...

VOUS NE POUVEZ PAS PASSER, SIR ! REMONTEZ SUR LE PONT !...
EMILY S'EST EFFECTIVEMENT RÉFUGIÉE DANS LES PONTS INFÉRIEURS OÙ ELLE SE RETROUVE COINCÉE...
...LA JEUNE ARISTOCRATE N'EST PAS PRÉPARÉE À JOUER DES COUDES ET DES POINGS POUR SE FRAYER UN CHEMIN À TRAVERS LA FOULE...
...SI ELLE VEUT S'EN SORTIR, IL LUI FAUT TROUVER DE L'AIDE...
MONSIEUR DIMIC !... MIRKO DIMIC !...

VOUS CONNAISSEZ MON NOM ?
JE M'APPELLE JEMIMA... JE SUIS UNE AMIE DE GRACIE ANDERSSON...
ELLE NE M'A JAMAIS PARLÉ DE VOUS !...
GRACIE EST MORTE, MIRKO !... ET JE SAIS QUI L'A TUÉE !
QUOI ?!... VOUS DITES QU'ELLE A ÉTÉ ASSASSINÉE ?...
PAS EXACTEMENT...
...ELLE A ÉTÉ TUÉE ACCIDENTELLEMENT PAR UN RICHE PASSAGER COMPLÈTEMENT IVRE !...
...UN HOMME QUI A DES RELATIONS ET AVEC QUI LA WHITE STAR LINE NE VEUT PAS D'HISTOIRES !...
VOUS VOULEZ DIRE QUE LES OFFICIERS SONT AU COURANT ?...
BIEN SÛR ! CE SONT MÊME EUX QUI ONT TOUT FAIT POUR ÉTOUFFER L'AFFAIRE !
COMMENT SAVEZ-VOUS TOUT ÇA ?...
J'AI... J'AI ÉTÉ TÉMOIN DE LA SCÈNE !... ET MAINTENANT, MA VIE EST EN DANGER !...

EN DANGER ?!... QUI VOUS MENACE ?...
ILS VEULENT M'EMPÊCHER DE PARLER !...
...MA CRAINTE EST MAINTENANT QU'ILS PROFITENT DE CE NAUFRAGE POUR ME FAIRE DISPARAÎTRE !...
...IL FAUT M'AIDER, MIRKO ! POUR GRACIE !...
...POUR ME PERMETTRE DE TÉMOIGNER DEVANT UN TRIBUNAL ET LUI RENDRE JUSTICE !
VENEZ !...
VERS 1H10...
PAR LÀ !

DÉPÊCHEZ-VOUS, MADAME ! IL FAUT EMBARQUER !...
DANS CETTE COQUILLE DE NOIX ?... CERTAINEMENT PAS ! LE PONT DU TITANIC ME SEMBLE BEAUCOUP PLUS SÛR !
ALLEZ-Y, ALICE !...
ASSEYEZ-VOUS, MADAME !...
VOUS NE VENEZ PAS ?
LES FEMMES ET LES ENFANTS SONT PRIORITAIRES. J'EMBARQUERAI PLUS TARD, QUAND MON TOUR SERA VENU.
...EN ATTENDANT, JE VAIS ESSAYER DE METTRE LA MAIN SUR ABBERLINE ET TENTER DE LE RAISONNER !

UN QUART D'HEURE PLUS TARD...
ABBERLINE !... ENFIN, JE VOUS RETROUVE !
VENEZ ! IL FAUT PARTIR !...
PAS AVANT D'AVOIR ARRÊTÉ LADY MILFORD !
ÉCOUTEZ, ABBERLINE ! CE NAVIRE EST EN TRAIN DE COULER !...
...ET DES CENTAINES DE MALHEUREUX VONT PÉRIR DANS CE NAUFRAGE !...
...VOUS COMPRENEZ QUE, DANS CES CONDITIONS, VOTRE QUÊTE N'A PLUS DE SENS...
OUI... OUI, VOUS AVEZ RAISON...
VENEZ ! IL FAUT MONTER SUR LE PONT DES EMBARCATIONS !...
MON DIEU !... MAIS C'EST HORRIBLE !

GOOD LORD !... REGARDEZ LÀ-BAS !...
... LADY MILFORD !
...JE VOUS ARRÊTE !!!...
QUI EST-CE ?...
LES HOMMES CHARGÉS DE M'ÉLIMINER ! SAUVEZ-MOI, MIRKO...
MAIS... ILS SONT ARMÉS !...
TENEZ ! POUR EMPÊCHER CES HOMMES DE ME FAIRE DU MAL !...
LADY MILFORD !!!...

NOM DE...
PAN!
PAN!!
AAAHHH ! !!...
ESPÈCE DE !!!...
SOCK!!
VITE, MADAME !...

SOCK!!
BAF!!
SOCK!!
PAF!
PAF!
PAF!
PAF!

ELLROY SAIT QUE DANS UNE EAU À 0°, IL NE SURVIVRA PAS PLUS DE QUELQUES MINUTES...
...MAIS L'INSTINCT DE SURVIE LE FORCE À NAGER ...
À 2H15...
FLOC! FLOC!! FLOC!
FLOC!! FLOC! FLOC!! FLOC!
AU SECOURS !... A L'AIDE !
PAR ICI !
12
TENEZ BON, SIR !... VOUS ÊTES SAUVÉ !

ÇA VA ALLER !... IL FAUT VOUS RÉCHAUFFER !...
MON DIEU !... REGARDEZ !...
12
LES PASSAGERS DU CANOT N°12 SAVENT MAINTENANT QU'ILS SONT DES MIRACULÉS...
...QU'ILS FONT PARTIE DES RARES SURVIVANTS D'UNE CATASTROPHE QUI A FAIT PLUS DE MILLE CINQ CENTS MORTS...
...UN DRAME TERRIFIANT QUI MARQUERA LEURS VIES À JAMAIS...
FIN.
SEITER & BRAHY